DIE NIBELUNGEN

Germanische Heldenlieder in deutschem Stabreim

gedichtet und bebildert

von

Iwobrand

Bibliografische Information der Deutschen Nationalbibliothek:
Die Deutsche Nationalbibliothek verzeichnet diese Publikation in der Deutschen
Nationalbibliografie; detaillierte bibliografische Daten sind im Internet über
http://dnb.dnb.de abrufbar.

© 2023 Iwobrand

Dritte, überarbeitete Auflage (Erstauflage: 2021)

Herstellung und Verlag: BoD – Books on Demand, Norderstedt

ISBN: 9783753423005

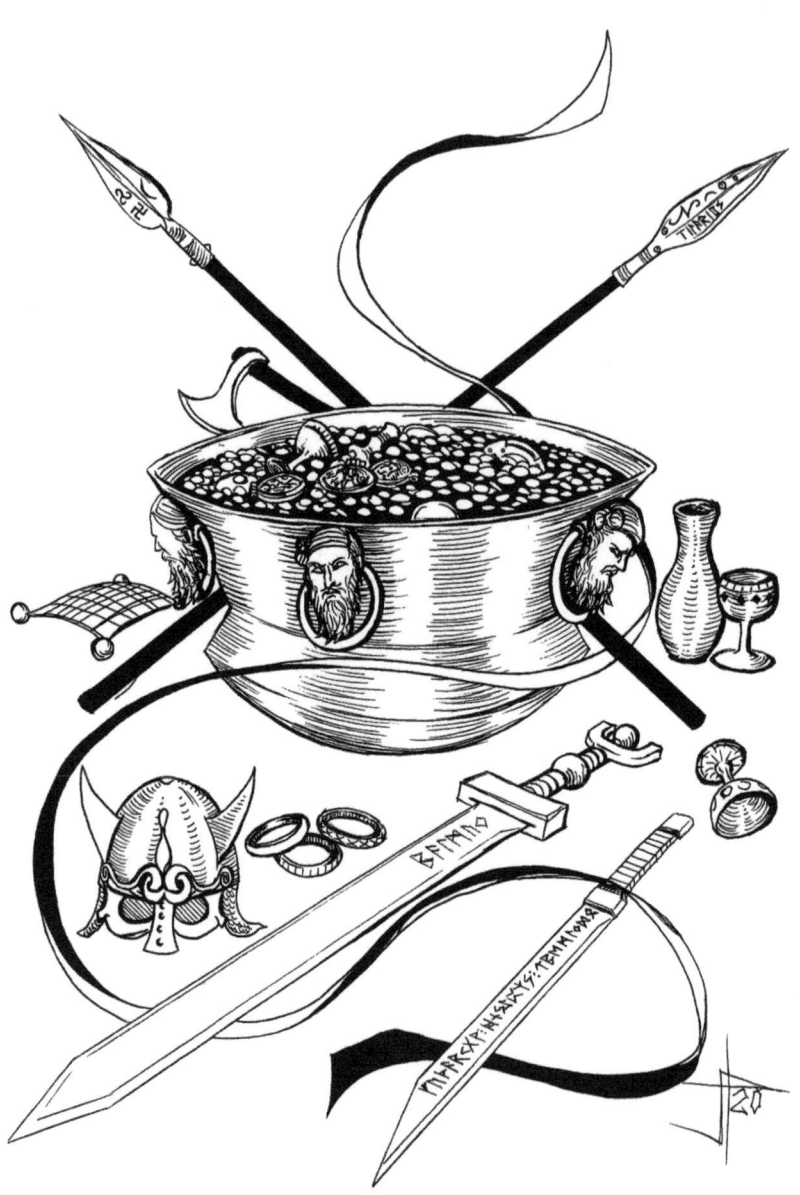

DER HORT

Wollt ihr wissen weises Wort,
Dann hört der Heimat Mär vom Hort,
Der reich nun ruht am Grund des Rheins,
Dereinst von Asen angehäuft,
Die Ottar achtlos umgebracht,
Als Bruderbuße böser Tat,
Entzweiend Söhne, zweckend Zwist,
Voll Göttergunst und Götzenfluch.
Dies Wergeld wurde manchem Weh,
Wer erbt dies Od, der erbt damit
Der Nibelungen Neid und Not –
Nun lauscht dem Laut des Lieds!

SIEGFRIEDS LIED

Mime hieß ein Mann, durch Moos
Und wilde Wälder wandernd fand
In Rotwilds Nadelnest er nackt
Ein kleines Kind, im Dickicht kalt.
Gar schön und stark ihm schien der Bub,
Ein Band aus Birkenborke sprach:
„Dies Kind ist Siegfried, Siegmunds Sohn,
Wer's find't, dem fromm die Freke Glück!"
Er hegte ihn in Haus und Hof,
Die Gattin schenkt' ihm gerne Gunst,
Im Schein der Schmiede spielte er
Und schoss den Spieß geschwind.

Eines Tages argten ihn
Behaglich Heim und Haus und Hof:
„Zu Abenteuern unbeirrt,
Wo wüstes Wetter wütet, dort,
Im dunklen Wald ich weilen will.
O gib ein gutes Garn mir, Norn,
Bald von der Schmiede führ mich fort!"
Da sah der Siegfried so im Hain
Manch rüst'gen Reiter, reckenstark,
Mit scharfem Schwert und breitem Schild,
Wo er den schwachen Stecken schwang,
Ja, daß er drob verdross.

Einen Eber er trug heim
Vom Waidgang, bis in Wald und Wies'
Er spät auf Mimes Schmiede stieß.
Da bittet, bürgt und bettelt er:
„Lass Meister mich, o Meister mein,
Ohn' Sorge, dein Geselle sein!
Ich will des Werkes werden kund,
Wie man die langen Messer macht!"
Da sagt' er: „ja" – und Siegfried sann
Nach nichts als Eisen, Esse, Erz.
Die besten Schwerter schlug er schnell,
Den Amboss in die Erd'.

Fort wollt fahr'n er, fordert bald,
Zum Ritt das Ross sich, Mime rät:
„Da weiden wohl am Waldesgrund
Zwölf Pferde, prüf sie, pfände eins!"
Dort traf er einen Alten an,
Mit blauem Mantel, Bart und Boot:
„Ich rat, im Reißstrom jedes Ross
Zu prüfen: Prüfung zählt vor Pracht!"
Nur Grani grau, der ging hindurch
Der sollt' ihm sein Geselle sein.
Geschickt und schnell er sprengte fort,
Ritt tagelang durch Tal und Tau.

    Mutig meint zu Mime er:
„Nun sag, was sorgte sich mein Ahn
Nicht meiner, meine Mutter nicht?
Ich wuchs in Wald und Wiesen auf,
Dem Vaterhofe fern und fremd.“
Dazu der Ziehvater erzählt:
„Mit Lingwei Fürst dein Vater focht,
Der Siegmund schlug in Sturm und Schlacht,
Des Weib in Wehen lag im Wald,
Sie starb, in schwarzer Nacht versteckt.
Des Schwertes Scherben schob sie da
Dem kleinen Kind zum Korb.“

    So schuf Siegfried sich dann bald
Vom Ahneneisen, neu und alt,
Das große Schwert: den guten Gram,
So breit und lang, dem Bären bang.
Das Feuer flammt, es dampft die Flut,
So hart und zäh er hat’s gehaun.
Im Fluss die Feder ließ er fahrn,
Das Schwert zerschnitt sie ohne Schwung.
Der Meister sah’s und sorgte, sann,
Gar nützlich schien der starke Schmied,
Der auf dem Anger ’s Eisen probt’,
So frisch und voll der Flamm’.

Siegfried Siegmunds Rache sann:
Einst fuhr er fern auf Fluss und See
Es war gewaltig Wind am Werk,
Da eine Stimm' durchschnitt den Sturm:
„Nicht hisse hoch das Segel hier!
Dem Wind es wird nicht widerstehn."
Rief von dem Fels von fern ein Greis.
Kaum bat den Bärt'gen man an Bord,
Da wandte sich des Wetters Wut.
Bald rächte Siegfried Siegmund so,
Nach Lingweis Leben giert' ihn lang,
Zur Hel er hieb ihn hin.

Heim er kommt mit heißem Herz,
Da rät ihm Mime, reizt ihn recht,
Mit Worten, wohl gewählt, zur Tat:
„Ich hört' von einem Höhlenhort,
Die Knetterheide hält gehegt
Den schweren Schatz aus schönstem Gold,
Drauf liegt ein Lindenwurm so lang,
Den keiner niederkämpfen kann.
Den Schreckenshelm enthält der Hort,
Den Balmung blank: Das beste Schwert,
Doch keiner kann den Kahlen haun,
Den Fafner fegen fort!"

Siegfried blitzte bald der Blick,
Es nahm dem Recken Rast und Ruh.
Er sprach zum Schmiedemeister schnell:
„Du, weis mir, Meister, welchen Wegs
Soll ich mich halten hin zur Heid?
Den Drachen schlag ich dort, und dann –
Ich halt den Hort in meiner Hand,
Sonst soll die Sonn' ich nimmer sehn!"
Und Mime merkte seine Macht,
Auf Granis Sattel Siegfried saß
Und durch den dämmrig dunklen Wald
Mit Schwert und Schild er schoss.

Unter schönstem Sternenschein
Er kam zur Knetterheide kühn.
Da war ein Hügel, herb und hohl,
Ein Weiher lag im Würmerwald,
Da wollt' zum Wasser gehn der Wurm
Und unter Linden lag da lang
Die Schlange, breit wie Stamm und Stein.
Das Siegfried sah und saß vom Ross.
Des Drachen Haut war hart wie Horn,
Verschlang zig Maß mit Schnaubeschluck.
Mit Wehr und Waffe gen den Wurm
Der Starke stürmte schon.

Lärmend laut der Lindwurm schrie
Und fauchte Feuer vor den Held,
Der schlug mit starkem Schwerterhieb,
Doch ward nicht wund der Lindenwurm.
Der biss mit baumesbreitem Maul,
Siegfried wich flink dem Flammenfang,
Doch konnt' dem Kahlen keine Kerb',
Nicht durch die Haut aus Horn ihm haun,
Da schlug der Schlangenfürst den Schild
Dem Held in hundert Stücke hart.
Das bracht' ihn nun in nackte Not,
Der Schweiß ihm stand zur Stirn.

Weit vom Walde klang ein Wort,
Wie Odemwind, auf einmal da:
„Dir Luft schnell in die Lungen lad,
Und wacker dich ins Wasser wirf,
Das wehrt dich wohl vorm Hauch des Wurms!"
Mit scharfem Schwert er schoss durchs Nass,
Der Fafner folgt' ihm in die Flut,
Zu kriegen ihn mit Krall' und Klau',
Da stieß der Held mit starkem Stoß
Vom Grund sich ab, ergriff die Gunst
Und bohrte in den bloßen Bauch
Dem Garst'gen glatt den Gram.

Schmerzvoll schlugen Kopf und Schwanz,
Er wühlt' dem Wurm im Eingeweid,
In Blut und Brand und blindem Wahn
Und als er aus dem Abgrund stieg,
Da war gewirkt das große Werk.
So sprach der Schlängler sterbend grimm:
„Gesell, mir sag, wes Sippe Sohn
Bist du, der Fafners Flamme focht,
Der's Blanke rötet bald im Blut,
Ins Herz gehaun mir bis zum Heft,
Der Weg zur Hel mir weisen wird?"
Und Siegfried sagte so:

„Wundertier mein Wesen war,
Die Hirschkuh hegte mich im Hain.
Bin mutterfern und vaterfern
Im Wald gewandert, einsam wild.
Mein mutig Herz dich hieß zur Hel,
Der starken Rechten scharfes Schwert!"
– „Welch Zauber zeugte dich zum Ziel,
Wenn's waren weder Weib noch Mann?
Es eilt mein Ende und darum
Verschweigt in letzter Stunde schlecht
Man mir den Namen, nenn ihn, Narr!"
So sprach der Starke stolz:

„Siegfried bin ich, Siegmunds Sohn,
Den kaum du kannst wohl kennen, Wurm.
Doch fragst du mich nach Vaters First,
Nach Ahnensaal, nach Adels Ort:
Dem fahr ich fern – und fron doch nicht,
Das soll dir sein von mir gesagt!"
Des Hortes Heger sprach im Harm:
– „Was reizte dich, wer riet den Rat,
Wer trachtete mir nach dem Tod?
Du Hindensohn, du hegst ein Herz,
Im Kampf bist kühn du, doch ein Knecht!
Welch Herr dich hieß zum Hort?

Wahrheit weiß ich, höre wohl:
Das Gleißegold verspricht kein Gut,
Es bringt der Hort dich hin zur Hel.
Der Nornen Spruch dich stürzt vom Stein,
Solang aufs Land dein Glück du legst.
Das Meer dich mordet meuchellings,
Wenn in die See du Segel setzt.
Den Todgetrauten tötet's all!
Gewannst schon weiland Wagemut,
Doch warte, bis zu weit du's wagst!
Es frommt nur Freien arge Fracht
Aus nächtlich Nebelnass."

Siegfried sagte sorgenlos:
„Frevelfafner, fühl wohl selbst
Im Herzen heiß, woher mein Stamm:
Du konntest kosten Siegmunds Kraft!
Des Reichtums werd ich raten recht.
Das Sterben sorgt nicht Siegfrieds Sinn,
Kehrt wieder alles Edle einst.
Denn welche Nornen wirken Weh'n
Und lösen leicht die Leibesfrucht?
Was ist das Eiland heil'gen Args,
Wo Schwärze man mit Schwerttau streckt?
Des Rätsels rat mir recht!"

Fafner floh die Frage nicht:
– „Das Ungeschöpfland, Schlachtenschwall,
So heißt das Eiland edlen Args.
Mein Schreckenshelm dort Streiter scheucht',
Den Giftbrand grollt' ich um das Gold.
Und Ruhmesnorn den Nachfahrn nährt,
Bringt Sal und Sieg und Sonnenglanz,
Den Einen ehrt sie, Andren nicht,
Doch keinen so, wie Siegmunds Sohn.
So steig in Schacht und Schattenwelt
Und heg den Hort mit kühner Hand!"
Entfuhr's dem Fafner fahl.

– „Grimm weckt Grimm und Gold weckt Gier,
Dein Schreckenshelm da schützt wohl schlecht,
Wo Tapf're treffen sich im Tau,
Denn fechten sich der Feinde viel,
Da kommt's, daß keiner Kühnster ist."
Im Sterben schnaubte noch die Schlang':
„Ist Mimes Meineid dieser Mord?
Ich weiß es wohl, er wusst' von mir.
Auch dich verrät er, denke dran!
Will beider Blut. Nun Fafner bläst
Den letzten Duftzug, denn in dir,
Ein Stärk'rer schon erstand."

   Siegfried sank ins Rot des Sees,
Das hüllt' die Haut ihm hürnen ein,
Doch legte lau ein Lindenblatt
Sich zwischen starke Schultern schlank,
Im Bad, aus Drachenblut gebraut.
So stahl er Fafners Schlachtenschutz.
Bald kam der Schmied und sprach geschwind:
„Heil Siegfried! Sieg hast du besorgt,
Der kühnste Kämpe bist du, komm!
Dem Herzen heizen wir den Herd,
Mit spitzem Stahl durchstichst du es
Und holst mir halben Hort!"

– „Fern erfuhrst du Fafners Tod,
Im Kraut verkrochst du dich beim Kampf!
Mehr wert ist Wiegands Waffenmacht
Als klugen Raters Kundigkeit.
Mit stumpfem Stahl der Starke siegt!"
– „Den Lindwurm ließest liegen du
Bei Hort und Heide, hätt'st du nicht
Mein' Rat und Rede und mit Recht,
Sag ich, ich heisch den halben Hort.
Den Muskel lass nun munden mir!"
Doch Siegfried schwieg und schnitt die Schlang',
Er holte her das Herz.

  Siegfried briet es, satt im Saft,
Es schäumte schon, der Muskel schwoll,
Er glaubte, es sei gar und gut,
Er prüft' es mit der Pranke plump,
Verbrannte sich am Sengesaft,
Der Finger fuhr zum Mund sofort,
– Das Blut erzählte zweite Zung',
Und da der Held vom hohen Horst
Verstand der Vögel Sprach' und Stimm'.
Vom Zweige zwitschten Meisen zwei
Und riefen rasch ihm guten Rat.
Die erste atzte ihm:

„Einen Kopf lass kürzer, Kind,
Den Zwistigen, den Zagen, ziehn,
Den Laurer, der da listig lag,
Verbittert böse im Gebüsch.
Nicht frommt dir, Fürst, ein Feind, der lebt!"
Die zweite zwitschte vom Gezweig:
„Es heischt den Hort vom Hindensohn
und macht ihn streitig Mimes Mut.
Geschwister warn einst Schlang' und Schmied!
Drum er den Alten bringe um,
Der einz'ge Erbe ist er dann
Des schönen Schatzes schon!"

Siegfried sann: „Nicht rauben soll,
Was Dreie mich mit Droh gedrängt
Zu wehren, jener wind'ge Wicht!"
Das Schwert er schwang da vor dem Schmied,
So hieb er ab das Haupt dem Herrn
Und ging zum Gold, dem gleißenden.
Den Schreckenshelm erhielt der Held,
Den Balmung, blank und bösen Schnitts,
Geheim in Heides Höhlengrund.
So ritt der Recke rüstig fort
Mit Gram und Granis Last: dem Gold,
Das sollt' noch Sehre sein!

BRÜNNHILDS LIED

Brünnhild badet, blond ihr Haar,
Wie Flachs es fließt in kalter Flut,
Auf Isenstein im schrecklich Schein
Des Monds, im Meer der Mitternacht
So blass wie Birke blitzt ihr Leib,
Wie Eis das Aug' der edlen Maid.
Sie jagt' so gern in Jahres Jul,
Mit Bogen, Brünne, blitzend Ger
Durch Frost und Föhren, fern im Land.
Der Wurf so stark, die Wang' so weich
Und Eisen engte ihren Leib,
So tat sie Trunk vom Throne.

Lieblich war sie, leicht ihr Lauf,
Doch oft saß einsam sie am Ort,
Gern lauschte Liedes Märenlaut
Und Siegfrieds Sagentaten sie.
Der Sänger sang in Vaters Saal.
Dem höchsten Held gehört ihr Herz,
Sonst keinen will die Keusche kührn:
„Wem ihr mich gebt, dem gilt mein Ger!"
Des Wodans Walmaid wurd sie bald,
Doch falschem Volk sie frommte Sieg.
Und Zorn und Zwist es schied die zwei.
Da sprach voll Schmerz die Stolze:

„Stellt zum Schlafe einen Stuhl
Mir hoch auf Hirschkuhs Hügelfels,
Die Waberlohe legen lasst,
Um seine Flanken, Feuers Flut,
Und schmiedet mich mit starkem Stahl
An brandumbrausten Bergesspitz,
Die Schildmaid schlaf' in Wind und Stein.
Zu wachen ich mir weigern will,
Bis hier, verheget hinterm Brand,
Der Frohe mich der Fesseln freit.
Nur Siegfried soll ich eigen sein,
Nur ihm mich ich vereiden."

Oben auf den argen Fels,
Da bracht' man Brünnhild, auf den Berg.
Mit Zauberkraft der Zwerge Zunft
Die stärksten Ketten knüpfte kund,
In die ein Schmied die Schöne schlug.
Der Schlafdorn stach die schöne Maid,
Da saß dann sie in sanftem Traum,
Ihr weiches Haar verweht vom Wind,
Gar manch ein Mann hätt' sie gemocht,
Gar viele fuhrn zu finden sie,
Doch Brünnhild barg der hohe Brand,
Den keiner konnte queren.

Eines Abends aber glänzt'
Ein Leuchten durch das leere Land
Und Grani schritt da gen den Grat,
Auf seinem Rücken Siegfried saß,
Der Starke, schnell mit Schwert und Sax,
Ja, der war's, der den Drachen schlug,
Aus kalter Höhle holt' den Hort.
Und fern er fand, mit Falkenblick,
Die Schöne thronen, tief im Traum.
Die Waberlohe wich dem Weg,
Den Siegfried sorgte keine Sehr',
So fand er vor die Fraue.

Reckenrüstung sah er reich,
Doch war's das wundervollste Weib,
Das Siegfried seither hatt' gesehn.
Die Ketten kappte er mit Kraft
Und unter Ellen ihres Haars
Sah er ihr edles Angesicht.
Der süßen Lippen lieblich Lust,
Die konnt' er küssen nur dem Kind,
Da schlug sie ihre Augen auf,
Sie wurd' gewahr den Frohen wohl,
Die Brünne band er Brünnhild ab,
Sie blickten beid' in blaue Augen.

„Seh ich Siegfried? – säl'ger Tag!
Wer mich aus fahlen Fesseln freit?"
– „'S ist Siegfried, König Siegmunds Sohn,
Der löst des Raben Leichenlast!"
– „Man hieß Brünnhild mich, süß und herb,
Wollt' mannen mich, doch bannte mich,
Dich kührt' ich, Walstatts kühnsten Kerl,
Sollst heuer haben meine Hand."
Siegfried die Finger fasste froh,
Gedächtnistrunk sie trug dem Treu'n
Herbei, in Schildburgs Sternenschein
Wo Brünnhilds Bann zerbrochen.

   Da die schöne Stolze sprach:
„Sei Heil dem Tag, den Töchtern Tags,
Wie seinen Söhnen Säligung!
So Heil der Nacht, dem Nachtkind noch!
Mit holdem Aug' schaut ihr auf uns,
Gebt uns, hier sälig sitzend, Sieg!
Heil Asen, Asendisen auch
Und Heil der fruchtschwer feuchten Flur!
Gebt Rat und Red' uns ruhmreich zwein
Und Heilkraft stets den Händen hier!"
So ihres Lebens langes Leid
Der Stolzen schwand geschwinde.

„Schlafdorn stach mich, stur ich war:
Den Heerschild hoben Helden einst,
Das sandte Sorgen, doch den Sieg
Verhieß der Heergott Helmgunther
Und Agner war der andre: ihm
Im Kampfe keiner kam zu Hilf'.
Am Fluss der Fürst das Flughemd stahl
Den Mädchen meines Amts und mir,
Den Schwestern, schwimmend tief im Strom,
Und wollt' dafür der Walmaid Wort.
Zu haben 's heil'ge Flügelhemd,
Schwor ich dem Edling Eide.

Helmgunther ich hieß zur Hel
Und Agner, Odas Bruder, ehrt'
Mit Siegessal und Glück ich so.
Des Wodans Straf' mir war gewiss,
Walküre konnt' ich bleiben kaum,
Doch wollt' ich werden niemands Weib.
So wies ich Wodan zu die Wurd
Und ging in Bann auf Berg und Brand
Mit Schilden schloss im Schlachthain ein,
Im hohen Horst der Heergott mich,
Da rot und weiß stößt Rand an Rand,
Drein du nur durftest dringen.

Mannen mäht' ich, Memmen schmäht
Mein hartes, hochgesinntes Herz,
Die feig ich sah und voller Furcht
In schrecklich schönem Schwertertanz.
Gelübde legte ich ins Land,
Zu kürn den Kerl, der Furcht nicht kennt:
Du bist der beste Königsbarn!"
Siegfried gefiel der Frau Gespür:
„Ich wähne Weisheit aller Welt
Und Kunde kennst du, kluges Kind.
Kannst Runen du mir raten recht,
Mein Lebenslied erlauschen?"

„Bier ich bring dir, Brünnenstamm,
Gestreckt mit Stärke, Stolz und Ruhm,
Ist voll von Sprüchen, Fest und Freud',
Das raten Runen, bis zum Rand
Mit Glückesstäben, Galstern gut.
Durch Trug und Tarnung glückt die Tat,
Doch Fehden viel und Feinde nah,
Des mahnet mich der süße Met.
Nicht lange lässt dein Leben währn
Der Norne notgedrung'ne Naht:
Dir Wehwurd, wähn ich, wob sie ein,
Die Schmerz dir schon bestimmte.

Kiese nun, jetzt kannst du's, Kerl,
Entscheide, Schildbaum: Schweigen – Wort.
Bedenk die Wahl! Das Weh wird wahr!"
Der Starke stand wie Fels und sprach:
„Ich will nicht weichen, winkt auch Tod,
Kein Zager ward gezeugt ich, zeig!
Die Wurd mir weis', denn Ehre währt.
Sag mir all Morden, Meineid, Hass,
Die mir im dunklen Dräuen drohn
Des zeichenzeugend Zaubermets.
Mich leite leicht dein Liebesrat,
Solang nur läuft mein Leben."

– „Hoher Heerfürst, hör mein Wort!
Wohl günstig steht der Sterne Schar
Für Ratschluss, Run' und Schicksalsring,
So lausche gut dem Lebenslos:
Ich sehe Segel, Sorge, Sand.
Nach Herrschaft hegst du hohen Sinn,
Sie glückt dir gut, ergreifst die Kron'
In manchem Reich und rätst ihm recht.
Ich wähne Wunde, Jagd und Wald
Im Fluss der fährnisvollen Zeit.
Und rot wie Blut da rauscht der Rhein.
Noch klarer klingt die Quelle:

Reiten wirst du, Recke reich,
In fernes Land und fordern viel,
Ihr Land und Lehen, leichten Muts,
Vertrauend Tapferkeit und Tat.
Das Leben scheint ein Strohhalmspiel:
Im Zweikampf ziehst den Zwerg du nie.
Doch harrt dir eine Holde hier,
An Hofes Hallen, hübsch und scheu.
Wie du sie siehst, versagt dein Sinn,
Daß du vergisst Holmgangs Begehr
Und keine Freud' mehr für mich find'st:
Dein Herz gehört der Holden."

   – „Dies mich dünkt undenkbar ganz.
Welch wundersames Wort du weißt!
Doch solch Dienst soll ich nicht versehn,
Denn heut verhieß ich dir mein Herz.
Werd' reiten, Rates reicher sein,
Mir fordern von den Fürsten Gut.
Entscheiden soll das starke Schwert!
Nur sag, was sonst die Rune sorgt,
Was ich durch Erz und Arm erlang,
Nicht spare Schwurbruch, Speer noch Tod,
Die mir des Schicksals Schlag bestellt,
Soweit mein Wesen weilet."

– „Gunthers Gunst wird deine ganz,
Durch Arm und Erz und Schatzes Erb'.
Ein Weib der wack're Gunther will
Sich freien fern auf kargem Fels.
Da deines Dienstes er bedarf,
Denn vieles fordert da die Frau,
Durch deinen Witz nur wird es wahr.
Mit Speerwurf, Steinwurf, Sprung und List
Gar peinlich prüft der Prahler Kraft
Und Macht die minnebitt're Maid.
Bald wird der Wettkampf euch Gewinnst,
Mit List, zum Leid der Led'gen.

Aller Eide eingedenk
Man will, daß wohl die Waffe liegt
Euch zweien zwischen Zeh und Zeh
Und keusch sei kurze Kuppelnacht,
Des Schwertes kalte Klinge künd's.
Dem Gatten Gunther gilt bestimmt
Der hohen Herrin Hochzeitsnacht.
Versprochen schon die Schwester hat
Der König dir für kühne Kunst.
Die Hohe werdet heim ihr holn,
Nach Virnich bald, mit Wog' und Wind,
Wo heiß dir harrt die Holde."

– „Dies mich deucht ein schwerlich Ding,
Denn schien der Schildmaid Schutzkleid nicht
An deiner Brust, die bloß ich brach?
Wo schon du, Schildmaid, vor mir stehst
Und mir dich willst zumal vermähln,
Drum was du weissagst, kann nicht währn,
Es gält' denn Gunther gar als ich.
Die bald'ge Brautnacht sei verbürgt
Von meinem Munde dir somit!
Nicht will ich werben andres Weib,
Doch wissen, was du mir noch wähnst,
So fern mein Ferge fristet."

– „Gunthers Weib verwehren wird
Dem Nichtsnutz noch die Hochzeitsnacht
Und Siegfried soll die Stolze sehrn,
Den Bann zerbrechen, der sie birgt.
So hast du bald der Holden Hand
Und Gunthers wird das wilde Weib,
Die Jungfrau sagt voll Jammer ja.
Doch wähnt sie wohl das üble Werk,
Wird fordern von den Kön'gen forsch
Des Listenleichten Lohn: den Tod,
So bitter bis ein Mann es büßt,
Am Wasser, weit im Walde.

Tausend trauern deinen Tod,
Die Holde wie die Hohe härmt
Der Norne schwerer Schicksalsschluss.
Der Hohen wird das Werden weh,
Ist müd von Lebens Laun' und Last,
In stummen Tränen trinkt sie Tod.
Dem Frevel sind die Fesseln frei,
Zwei Reiche reißt die Rache hin,
In Untergang und übler Ehr',
In Feuersbrunst und Freundgefecht,
Doch rächt am Mörder Meineid man,
Sein Haupt bald heischt die Holde."

— „Doch dir dämmert Deutung falsch,
Denn wisse: Wunden wirkt mir nichts!
Das Bad im Blut des Drachen bracht'
Mir Haut wie Horn, kenn keinen Harm,
Und außer dir nicht einer ahnt,
Wo nicht das Nass sich konnt' mir nahn:
Ein Lindenblatt sich legte leicht
Da mir in meiner Schultern Mitt'!
So manch Gemein's die Welt vermag.
Die Runen ließest raunen Rat
Und Met voll Minne mahnen du,
Doch Siegfried sitzt hier sälig."

– „Wurda wies uns wüsten Pfad,
Doch Werdande nun webt uns Wohl,
Nur Schulda schneid der Zukunft Schnur!
Bin dir versprochen, steten Stand
Ich dir gelob, in Lust und Leid.
Jetzt halt mir, Höchster, meine Händ',
Am Tag der Tage, den geträumt
Ich einst vor allen andern hab,
Und lass zum Lager liegen uns.
Im Nord schon Mitternacht sich neigt.
Ich wünscht' es wär schon Weihmondnacht
Für leiser Liebe Lüste."

Heil'ge Eide hielten hoch
Und starke Schwüre schworen sie
Auf Siegfrieds Heimkehr, Hochzeitsheil.
Ins Lager senkte Siegfried sich,
So barg auch Brünnhild sich im Bett,
Den Ring er reichte ihr, goldrot,
Vom schweren Schatz der schönste war's.
Dort schliefen sie im Sternenschein,
Brünnhild das Haupt auf Siegfrieds Herz.
Am Morgen macht' sich auf der Mann,
So schied er frühe von der Frau,
Die Zährenzwang verzehrte.

GRIEMHILDS LIED

Über altem Stein und Erz
Zur Nibel neigt' sich Niblungs Burg,
Zu Virnich da, in Wald und Wog',
Da einst saß eine edle Maid,
Griemhild geheißen, hold und schön.
Die schirmten Recken reich und recht,
Herr Gunther, Gernot, Giselher
Sie hießen, waren hohe Herrn
Und Königssöhne kühn und kund.
Des Gibbichs Kunst, der Gudrun Gunst
Gereichten zu des Reiches Ruhm,
So auch der Erben Eifer.

Mut'ger Männer warn noch mehr:
Der Recke Hagen hielt am Hof
Die grimme Wacht, mit grallem Glanz
Sein Auge stach, er sprach gescheit
Und hieß ein halber Bruder hier.
Der Fiedler Volker war sein Freund,
Des Leier schlug manch Lied und Leich.
Auch Eckewart hatt' Acht und Ehr'.
Da einst im Erker eines Turms
Griemhild im Leinenlaken lag,
Die Schöne, schreckte auf vom Schlaf,
Es traf sie tief ein Traumbild.

„Mutter, sage mir die Mär,
Die mich gemahnt im Morgengrau'n
Von Falke, Adlern, Vogelflug:
Den Falken zog ich, fern er flog,
Doch Aare argten ihm den Glanz,
Umkreisten ihn, Gekeif, Gekreisch,
Aus luft'ger Lauer schlugen los
Die üblen Adler, jagten ihn,
Die Federn flogen, Falke schrie
Und fand im Tiefentanz – den Tod?"
Zu deuten diese Dämmerschau
Da Gudrun grub im Geiste:

„Wehwurd weist dein weher Traum.
Der Falke ist dein Friedel froh,
Der ziere, Zukunft ihn dir zweckt,
Und sein Gefieder fetzen Freund'
Und Angetraute übler Art.
Die Liebe letztlich bringt auch Leid."
Da graust es Griemhild: „Garst'ge Wurd!",
Sie meint: „Dann mag ich nimmermehr
Nicht Friedel frein, noch Fraue sein."
Doch Gudrun sprach: „Das Schicksal steht.
Und merk: Von Minne hat man meist
Mehr Lust denn Leid gelitten."

Mond um Mond verging der Maid,
Es wurde Winter, wurde Lenz,
Als eines Abends an der Burg,
Ein Heerzug hielt, das Horn erscholl.
Zum Fenster flog die junge Frau:
„Siehst, Mutter, du den mut'gen Mann
Im Burghof bei den Brüdern stehn?
Da fordert er die Fürsten forsch,
Mit starkem Arm und scharfem Schwert!
Doch schau, da schlichten sie den Streit."
Der Griemhild Gunst genoß der Gast,
Man saß beisamm' im Saale.

„Griemhild, geh den Grußtrunk holn,
Die Brüder bieten Bund dem Gast.
Doch halt! Verhehl nicht, was du hegst,
Der Mutter, die drum merkt und müht:
Der fremde Herr, er hat dein Herz!
Drum hol vom tiefsten Turm den Trunk,
Den besten da, und denk an dies:
Das groß Vergessen gieß mit ein
Und sorglos sollt ihr sälig sein!"
In Gruft und Kammer Griemhild ging,
Beim Fest sie vor den Fremden trat
Und gab ihm guten Gärtrunk.

Siegfried sah die süße Maid,
Nicht konnt' die Augen abziehn er,
Kein andres Mädchen mocht' er mehr.
Mit Gunther, Gernot, Giselher
Er schlug viel Schlachten, Eid sie schworn,
In ferne Landen fuhrn sie fort.
Und als er endlich heimkam, er
Ein gold'nes Ringlein Griemhild gab.
Dem Bruder Brünnhild ward zur Braut
Und Gunther Siegfried Griemhild gab.
So hielten Hochzeit sie im Herbst,
Voll Prunk und Prachtgepränge.

Froh nun freut des Friedels sich
Die goldgelockte Griemhild ganz.
Mit Siegfried sieht man sälig sie,
Der vaterfern nach Franken fuhr,
Der Nibelungen Notgenoss,
Der brach den Brüdern manche Burg
Und alle amten eines Reichs,
Als Gibbich Gunther Krone gibt.
Von Siegfried sagen Nord und Süd
Und heißen ihn den höchsten Held.
Noch lang man wird ihm Lied und Lob
In Saal und Sonne singen.

Eines Abends, als den Saal
Der hohen Herrn Brünnhild betrat,
An Griemhild ging sie groß vorbei,
Die achtet ihres Eintritts nicht.
Brünnhild sie hieß erheben sich,
Doch sprach Griemhild: „Dein Hochsitz hieß
Einst meiner Mutter Morgengab'.
Nicht dünkt mir darum Demut recht."
Brünnhild ward blass und bitterbös:
„Als Gunthers Königsgattin geh
Doch ich wohl über eine Frau,
Der Siegfried sich nur sorgt!"

Grell da gleißte Griemhilds Blick:
„Als Schande schmähst und scheltest du,
Was mir nur eine Ehre ist.
Gib schnell Bescheid mir, Schwägerin,
Zu einer andern Sache auch:
Sag, welcher war beim Weihemond
Der Mann, der Magdtums Macht dir nahm?
Dies runde Ringlein raubte wohl
Ein Dienstmann dir beim Brautnachtsdienst?"
Und hoch sie hielt den heiklen Ring.
Da schwieg die Schöne, stritt nicht fort.
Vergällt war's Gunthers Gattin.

Brünnhilds Flamme brannte blau,
Es schwieg die Schöne, schlief allein.
Den ganzen Winter währt' die Wut,
War frühlings feurig wie zuvor.
Nicht Trost der tiefbetrog'nen Frau
Konnt' Gunther geben, grämte sich.
Griemhild mit Siegfried ging vergnügt
Im Garten grün an Gunthers Hof.
Den fahlen Fürsten fror das Herz,
Der Keuschen Kälte kränkte ihn,
Mit Hagen hielt er Rat und heischt'
Das Bündnis beider Brüder.

Eines Nachts, im Nebelnass,
Der Morgen graute, Griemhild ging
Im Haus umher, war traumgehetzt,
Siegfried war fort, zur Jagd im Forst
Mit Gunther, Gernot, Giselher.
Den Schlaf sie scheute, schreckte auf,
Da hörte sie im Hof ein Horn,
Wie Waidleut' wiederkehrn vom Wald,
Doch Furcht befiel sie, 's Herz ihr fror,
Als stäch' ein Speer hindurch voll Schmerz.
Und bang sie schritt gen Burghof, bis
Sie Siegfried sah im Saale.

Hier ihr lag der hehre Held
Im Schein des Mondes schrecklich schön,
Durchbohrt war ihm die blut'ge Brust,
So blass und bleich, der Blick war trüb,
Der frohe Held Siegfried war fort.
Griemhild sank nieder, hielt die Hand,
Erstarrt und stumm, nicht schrie noch weint'
Da Griemhild, zog am grimmen Ger.
Es brach das Blut aus Siegfrieds Brust,
Als Hagen in der Halle hielt.
Auch Gunther, Gernot, Giselher
Und Gunthers Gattin ging da.

Hell und heiß aus Herzensgrund
Da lachte Brünnhild, letzte Lust
Von ihr man hörte halln durchs Haus:
„Nur wohl nun waltet Wehr und Land,
Die Siegfrieds wärn gewesen, wenn
Ihr ließt am Leben länger ihn!
Wie flugs den Fürst ihr fallen ließt!"
Es grauste Gunther ihr Gegirr:
„Weib, schweig! Der Stolze Eide schwor,
Auf dessen Tod auch du gedrängt,
Der schwatzhaft war, der starke Spross,
Die alle er missachtet!"

– „Erster war er unter euch,
In Streit und Schlachten stets bewährt,
Beim Namen nenn ich nur die Schmach!
Als er mich warb, da wusst' ich wohl,
Wie unverrückbar ihm sein Eid:
Der Wundzweig war in Waberloh'
Und Schildwall stets gelegt beim Schlaf
Uns zwischen Zeh und Zeh damals.
Kaum einmal rührte Arm noch Ohr
Der Keusche mir, nicht Knie noch Kinn.
Wie übel ihr es ihm gelohnt,
Der euch hielt alle Eide!"

Außer einem alles schwieg:
„So sei's", sprach Hagen, „hier, die Hand
Begrub den Ger im dreisten Gast!
Dem Dürst'gen, Brünnhilds Rat zu Dank,
Beim Waidgang stahl ich Wasser, Wein,
Den Wundpunkt wusst' ich durch ihr Wort,
Als er zur Quelle kroch im Klee!"
Nochmals durchbrach das Blut die Brust,
Griemhild ließ starr der herbe Harm.
Dem Zährenzwang nach Tagen zehn
Erst sollte sie erliegen, Salz
Vergoss sie, grausig gellend.

Kalt wie Eis, der Klage karg,
Mit hohlem Herzen sprach Griemhild:
„Kein Wort mehr werd' ich wechseln nun
Mit euch, die ihr den Eh'mann schlugt,
Und denen, die drum schweigen da,
Statt Meintatmord zu rächen mir.
Im fernsten Winkel will ich weiln,
Mein's Teuren Tod betrauern nur."
Vergällt war Griemhild, Gibbichs Kind,
Das Leben, Land und Volksstamm litt.
Den Hort versenkte Hagens Hand
Im regen Rausch des Rheins.

Eines trüben Todestags,
Als Griemhild ging zu Siegfrieds Grab,
Da kam gesprengt ein Schimmel schön,
Ein Bote brav, der bat am Tor
Um Einlass: Attals Werber ist's,
Der reiche Recke Rodinger.
Das hört' Griemhild, die holde Frau,
Die wies der Wache, zu gewährn
Ihm Einlass und der Witwe Ohr.
Er sprach: „Es hält um holde Hand
Der edle König Attal an!"
Er warb gewitzt und weise.

„Hehr und ruhmreich heißt mein Herr:
Der Friesenfürst vom fernen Strand,
Nahm Susat sich im Sachsenland
Wo Hünen hausen, harter Hand.
Im Osten schlug manch starke Schlacht
Sein Hünenheer und hielt dort stand.
Seit Erchas Tod er einsam ist.
Mit Dietrich weilt, zu dienen dort,
Manch Held am Hof, auch Hildebrand
Und Rodinger von Rheinlaufs Rand,
Der vor euch steht zu stetem Schutz,
Griemhild zu holn, die Holde."

Widerstrebend war das Weib,
Dem Siegfried sann sie sehr noch nach.
Noch immer ihrer Ehe treu
Im Herzen hegte sie den Held,
Und doch sie drängte ihr Gedeih.
Bis morgens minnte wohl der Mann
Für seinen Herrn in Susats Saal.
Der Bote bürgt' ihr beste Treu',
Die Brüder beide fern der Burg
Und Giselher nicht hielt Griemhild,
So warb man fort die Witwe weit,
Den fremden Fürst sie freite.

Sommersonnwend sei's gewest,
Als Griemhild Gunther Ladung gab
Zum Ehefest an Attals Ort.
„Ein Wolf sprach wohl dies Friedenswort
Und holt uns her zum Hochzeitsfest",
Da Hagen höhnte, „bleibt daheim!"
Doch Gunther, Gernot, Giselher
Zum Kehren brachte keine Kund'.
Und stolz des Gunthers starke Schar
Im Garten ging und manchen Gast
Die Braut erblickt in Helm und Brünn',
An mächt'ger Mauer Mahl.

Listig auf der Lauer lag
Da Griemhild, grässlich schwelt' ihr Gram.
Beim Gruß im Garten Griemhild riet
Des Königs Kind zu kühnem Schlag:
Es haute Hagen hart ans Kinn
Und Hagen hieb das Haupt ihm ab.
Man litt nicht länger Friedens Last,
Statt Met floss Blut auf Brett und Bank.
Manch Frieden brach, manch Freund wurd' Feind,
Für Iring, Osid, Attala,
Selbst Rodinger, im Racherausch.
Die Schwerter schnitten schrecklich.

Recken reizt' zur Rache auf
Die Holde, rief zu Hagens Hatz,
Bot gegen Gunther Gold und Ger.
Der Fürst bis in die Frühe focht
Der Hünen Heer im Hallenbau,
Das Feuer fraß, dank Attals Frau,
Den Saal und sengte jeglich Volk,
Nur Hagen und der Helden Herr,
Die fochten sich durch Flamm' und Feind,
Bis Dietrich dann sie draußen fing.
Die Brüder blieben im Gebälk,
Von Schwert und Spieß durchstoßen.

Kerkerknast den König zwingt
In Griemhilds Schlangengrube Grund.
Den Hort sie heischt, doch Hagen spricht:
„Kein Hüne hält ihn in der Hand,
Solang des Landes König lebt."
Des Königs Kehle kalter Stahl
Da traf, es fiel der Fesselfürst.
Da lachte Hagen laut zuletzt:
„Nun, wie du's willst: jetzt weiß nur ich's.
Deshalb sollst nie du hörn vom Hort!"
Und Griemhild griff nach Siegfrieds Gram,
Beruhigt ob reicher Rache.

GUNTHERS LIED

Schlangen kriechen kalt und klamm
Und dumpf und dunkel dünkt's mich hier,
Gar trostlos ist's und einsam auch.
Habt Dank für diese Leier drum!
In Fesseln mir die Finger friern
Wohl zwar, doch zupf ich mit den Zeh'n.
So wehr ich mich der Würmer wohl,
Die zischen mir mit Zähnen zu
Und graus'gem Gift im Gaumendolch.
In Schlaf und Schlummer schick ich sie.
Aus Turmes Tiefe sei vertraut
Euch letzten Liedes Laut!

Wilden Weibes Wüten heißt
Der ersten Otter Odemhauch:
Die stolze Schönheit Isensteins
Mir zu bezwingen zog ich aus,
Zu werben sie mit Wurf und Wehr.
Der Hindensohn und Hagen hold
Mir wiesen Weg und Werbungsrat.
Nach ferner Fahrt wir fanden sie
In Waberwall und Waffenkleid.
Und Siegfried sann da seine List,
Die Tarnkapp trug der tapf're Held,
Wo ich trug Erz und Aar.

Bald schien Brünnhilds Bann gelöst.
Siegfried mir flüstert' fintenreich
Da von der Schulter, schoß den Spieß,
Der bohrend biss die Brünnenhild.
Den Wackerstein er warf so weit,
Daß mancher Mann da weichen musst'.
Beim Sprung er schleudert' mich so stark,
Daß stumm die stolze Schöne stand.
So ward geworben wohl das Weib.
Wie Feuer brannte Brünnhilds Blick,
Als sie beim Aufbruch Siegfried sah,
Draus ward manch Weh gewirkt.

Virnich wandten wir uns zu
Und Hochzeit hielten wir daheim.
Da als ich in der ersten Nacht
Der blonden Braut mich beigesellt,
Ward kalt wie Eis mir ihre Art.
Das Kraftweib kämpfte wie ein Kerl:
Das zweckt des Armreifs Zauberzier.
Den Buhlen band die barsche Braut
An Lampenhalters Haken hoch
Und Schwächling schimpft ihr mich wohl schon.
So narrte sie mich Nacht für Nacht,
Bis fremder Fürst uns fand.

Brünnhilds Brand gebändigt schien,
Doch Griemhild goss ihr Öl zur Glut.
Auf Waidgang war ich, kam vom Wald,
Da ging entgegen sie voll Gram
Uns Männern, marternd Mantels Saum,
Die tränentriefend wünschte Tod:
Und Siegfried sei es oder sie.
Sie sei der Sippe Sorge fern,
Des fremden Fürsten Freveltat
Zu rächen riet sie mir als recht.
Geheim nicht hielt der Hindensohn.
Was weihmonds wir gewirkt.

Hagen hatte herben Rat
Für Brünnhilds bitteres Gebot:
„Der Kummer kränkt die Königin,
Sein Übermut dir argt dein Amt,
Der heimlos sich als Herr verhält
Und über alle eifrig ist!"
Wohl ging es gegen Gernots Ehr',
Dem Freundeseid ein Frevel frech,
Doch andre Wege warn verwehrt,
Und so wir sannen Siegfried zu,
An diesem trüben Tag, den Tod.
Nicht lang sein Leben lief.

Mächt'gen Mannes Eifermut
Ist zweites züngelndes Gezücht.
Zu Hetz und Hirschjagd bald den Held
In Waldes Weiten luden wir.
Das Salz des Mahls plagt' Siegfried sehr,
Bald trocken war der teure Trunk.
So kamen wir an kühlen Quell,
Da freute sich der frohe Fürst
Und beugt' sich, bis zum frischen Bach,
Da schoss Freund Hagen scharf den Spieß
Von hinten in des Helden Herz,
Wie's Brünnhild bös verbürgt.

Hagen hielt den Harmspeer, sprach:
„Zwar Wildschwein, Wiesent und Geweih
Des Hirsches hast du, Held, erjagt,
Noch mehr als manche Mannenschar,
Doch beste Beute bring nun ich
Nachhaus, den Hort nun haben wir!"
Der Schwester wurd's ein schwerer Schmerz
Und Brünnhild lebte blass und bleich.
Die Freude floh der Feste Saal,
Die Tage trüb und trostlos warn,
Bis aus dem Osten Attla warb
Um Griemhild, gern sie ging.

Als dann Attla eines Tags
Zur Hochzeit lud nach Hünenheim,
Die Schwester schickte schöne Grüß',
Da warnte Hagens weises Wort:
„Noch ganz wie früher gärt Griemhilds Gram
Und manchen Held sie hat am Hof,
Der dort ihr dient, mit düst'rem Mut."
Von Feigheit Volkers Fiedel da
Schon sprach, doch Spielmanns Spott zu wehrn
Da holte Hagen Helm und Schwert:
Als allererster er bereit
Zu Weg und Wehre war.

Am Leben leidet, wem dran liegt,
So deut' ich dritten Drachens Gift.
Dem Zagen zeugt das Leben Zwist,
Doch mehrt's des Übermüt'gen Macht.
Als Gibbich gab uns Abschiedsgruß,
Es mahnte meine Mutter noch,
Ein Traum ihr künde Trug und Tod:
Vom Himmel fielen Vögel viel,
Vier edle Aare auch sie sah.
Doch Hagen höhnte, die's verhieß:
„Wer sich um Weibsgesichte sorgt,
Der irret ohne Ehr'!"

Reisig standen Ross und Rad,
Der gute Gernot ging im Erz,
Auch Giselher da Heerfahrt heischt',
Die erste und die letzte auch.
Manch Weib da weinte wohl auch sehr,
Ein Hornstoß hallte hell im Hof:
Mit tausend Tapf'ren zog der Tross,
Die Fahnen flatterten im Forst,
Die Aare alle auf dem Schild.
Mit Helm und Harnisch, hart und fest,
Fuhr Hagen hin zum Hünenland
Und ritt ohn' Rast voran.

Der Mond bemaß der Möre Strand,
Wo Duna rauscht in Rheines Rinn'.
Die Wasserweiber wussten schon
Der Nibelungen Neid und Not,
Die Hagen fand im finstren Fluss:
„Die Woge wallt, die Welle rauscht,
Nach Susat sollt ihr sälig fahrn,
Trotz Flut und Ferges finstrem Mut,
Doch nimmer noch wird Niblungsvolk
Von rechts des Rheins zurück je kehrn,
Nicht wieder Virnichs Wälle sehn,
So weist es Wassers Wort."

Schicksalsschwer war Seherspruch,
Doch Hagen holt die Fähre her.
Mit reicher Ringe Reiz er warb
An Elsungs Ufer Ferges Amt
Zu Fährboots flussgefeiter Fahrt.
Und rasch wir rudern über'n Rhein,
Der Ferge fährt nicht forsch genug,
Bis Hagen raubt ihm Ruders Recht,
Den Kerl erkühnt zu keckem Spott,
Des Blut die Bretter bald schon färbt.
Aus Nacht und Nässe Niblungs Schar
Des Strandes Schlick bestieg.

Weiter wandern wir des Wegs,
In Hain und Hecke Hagen fand
Freund Eckewart, der wacht nicht wohl,
Doch führt' uns froh an Feuers Glut
Zum Hof des hohen Herren hin,
Nach Bakalar, der breiten Burg,
Wo Rodinger des Reiches riet,
In Halle hoch und Herberg warm.
Da weilten wir, auf weitem Weg,
Zu Rast und Ruh und reichem Schmaus,
Gar schönen Schlummer schlief ich da,
An Kleid und Kost erquickt.

Grünes Gras und Sonnenglanz
Da waren wohl, als wich die Nacht
Dem sorglos säl'gen Sommertag.
Durch Luft und Laube klang manch Lied,
Der Herr da hielt ein halbes Fest
Für Niblungs Erben, nicht gesehn
Seit tausend trüben Tagen schon.
Uns grüßt' die Gattin Gotelind,
Die Tochter trug den Freundestrunk,
Zu Gernot ging und Giselher
Das schöne schweigsame Geschöpf
Im bunten Blumenband.

Bei teurem Trunk und frohem Tanz
Manch Gastgeschenk du gabst uns gern:
Dem Gernot gar ein glänzend Hemd
Und Hagen heischte hoch im Saal
Den schönen Schild mit schwarzem Aar,
Den Naudung trug, der notgeneigt
Am Gransport fiel, zu Gotlinds Gram.
Doch Giselher, des Gibbichs Glanz,
Die Tochter trautest treu du zu,
Die warn sich wohl gewogen da,
Und gabst ein gutes Schwert ihm gleich
Bei unsrem Aufbruch auch.

Freundesfehde, Friedensbruch
Heißt viertes fürchterlich Gefleuch.
Ins Hünenland der Hellweg hin
Uns wies, dort wurden wir entzweit.
Graf Rodinger von rechts des Rheins,
Du hattest, Markgraf, mächt'gen Mut!
Das hieß uns Heil und hieß uns Harm.
Du sahst in Susat seither tot
Den Osid und den Eckewart
Und auch dein Eid dir engte wohl,
Den Attlas Weib dir abnahm einst,
Die bärenbreite Brust.

Rodinger, du Recke recht!
Jetzt liegt dein Leichnam leblos hier,
Auf Susats sehrversengter Gass'.
Dein Heldenherz hielt stand manch Hieb,
Manch Waffe wehrtest ab du wild,
Doch nicht des nächsten Niblungs Schwert,
Dem treu die Tochter du getraut,
Dem kindlich kühnen Königssohn.
Das stolz von dir geschenkte Schwert
Dir bracht' der bösen Bahre Schlaf.
Verwittwet weilt dein gutes Weib,
Der Tochter Träne trieft.

Hildebrand, du herber Held,
Manch forschen Fechter fälltest du.
Auch Giselher, des Gibbichs Gold,
Liegt hier, verhaun von deiner Hand,
Der Bruder mein, den blöd ich bracht'
In Hünenhauses Helgesärg,
Der kaum dem Kindesjahr entkam,
Und hätt' ein Held noch heißen könn'.
Ihn trieb zur Tat sein tapf'rer Mut
Und stolz er stürmte in den Streit,
Voll Lebenslust und Leidenschaft,
Doch all das ist jetzt aus.

Klagend kroch die kurze Nacht,
Bis morgens müde Mannen weckt
Da Gernot, Heeres Horn erhallt,
Und froh er drängte vor den Feind,
Manch Hüne haute er zur Hel,
Schlug ab manch Arm beim Angriff da,
Doch Hildebrands beherzter Hieb
Dir brachte, Bruder, böse Wund.
Du starbst im schönen Morgenschein.
Auf Iring schleudert' scharfen Speer
Da Hagens Hand, durch Helm und Haupt.
Der Fiedler Volker fiel.

Schild an Schild sie standen fest,
Wo Hagen hielt zuletzt das Heer
Im Saal zusammen kampfgesinnt.
An Wind und Weite will der Held,
Zu kühlen Kettenring und Kopf.
Bis an die Achseln ist das Blut
Im heißen Streit ihm schon gespritzt
Und rötet manches Recken Rand.
Freund Hagens Hieb da beiderhand
Die Feinde fällt. Von Leichenfracht
Ist hoch der Halle Grund behäuft
Und böser Brand da braust.

„Schwindet schon die Stärke dir?"
So fragt der fünfte Feuerwurm
Und lähmt mit gnadenloser Last.
Von Schlag und Schnitt die Linke schmerzt,
Von Riss und Ruck die Rechte brennt,
Die müden Muskeln machen's nicht,
Zu Boden bricht der Beine Stamm.
Was in der Schlacht mit Schwert und Schild
Ein Mann vermag, bemisst sein Leib,
Den Weh und Wunde niederwirft.
Doch wehrt sein Wille weiter sich,
Als Held ihn holt die Hel.

Arg war uns die Übermacht.
Oh, Hagen, Held und Schweinehund!
Aus Dunst und Dämmern Dietrich naht,
Zu rächen Rodinger mit Recht.
Sein Eckesax fährt auf das Erz,
Erhallt auf Helm und Harnisch laut
Und Feuer flammt vom Fechter auf.
Der Berner bringt in bange Not
Den härm'gen Hagen, hält ihn bald
Im Klammergriff. Wie Gunther geht
In Königs Kerker er, von Krieg
Und mancher Marter müd.

So ich sing in sanften Schlaf
Die schlanke Schar der Schlangenbrut
Und Gunthers Herz entgeht dem Gift.
Doch eine Natter neigt sich nicht
In tiefen Traum, sie bringt den Tod:
Die Schwester mit dem scharfen Schwert,
Des toten Gatten gutem Gram.
Und weh dann wird die Stunde wohl,
Wenn morgen mir ein letztes mal
Der schöne Strahl der Sonne scheint,
Denn Niblungs Nachfahrn leben nicht.
Den Hort ich halt geheim.

Inhalt

Der Hort 7
Siegfrieds Lied 9
Brünnhilds Lied 27
Griemhilds Lied 45
Gunthers Lied 63